CATA

D'UN

CHOIX DRES

ANCIENS

RELIÉS EN MAROQUIN, AVEC ARMOIRIES

La vente aura lieu le mercredi 8 avril 1874
à une heure et demie très-précise

Hôtel des commissaires-priseurs, rue Drouot

SALLE Nº 5, AU PREMIER

Par le ministère de Mᵉ DELBERGUE-CORMONT, commissaire-priseur

Rue de Provence, 8

Exposition le lundi 6 avril 1874.

Nº **1.** PONTIFICALIS, Manuscrit sur vélin, aux armes de Bossuet. — 7. HEURES à l'usage de Langres, in-8 gothique. — 12. ORAISON FUNÈBRE de Marie-Thérèse, 1683. In-4º, grand papier. — RACCOLTA..., exemplaire au chiffre de Henri IV et d'Élisabeth, sa fille. — 38. LIBRI DE RE RUSTICA..., Riche reliure du XVᵉ siècle. — 77. PALISSOT, 4 volumes, Exemplaire aux armes de Marie-Antoinette. — etc., etc.

PARIS

ADOLPHE LABITTE

LIBRAIRE DE LA BIBLIOTHÈQUE NATIONALE

4, rue de Lille, 4.

—

1874

Paris. — Typographie Georges Chamerot, rue des Saints-Pères, 19.

CATALOGUE

D'UN BEAU

CHOIX DE LIVRES

ANCIENS

RELIÉS EN MAROQUIN, AVEC ARMOIRIES

La vente aura lieu le mercredi 8 avril 1874
à une heure et demie très-précise

Hôtel des commissaires-priseurs, rue Drouot

SALLE N°3   AU PREMIER

Par le ministère de M° DELBERGUE-CORMONT, commissaire-priseur

Rue de Provence, 8

Exposition le lundi 6 avril 1874.

N° 1. PONTIFICALIS, Manuscrit sur vélin, aux armes de Bossuet. — 7. HEURES à l'usage de Langres, in-8 gothique. — 12. ORAISON FUNÈBRE de Marie-Thérèse, 1683. In-4°, grand papier. — RACCOLTA..., exemplaire au chiffre de Henri IV et d'Élisabeth, sa fille. — 38. LIBRI DE RE RUSTICA... Riche reliure du XVe siècle. — 77. PALISSOT, 4 volumes. Exemplaire aux armes de Marie-Antoinette. — etc., etc.

PARIS

ADOLPHE LABITTE

LIBRAIRE DE LA BIBLIOTHÈQUE NATIONALE
4, rue de Lille, 4.

1874

CONDITIONS DE LA VENTE.

La vente se fait au comptant.

Les réclamations devront être faites, au plus tard, dans les vingt-quatre heures qui suivront la vacation. Passé ce délai, les articles adjugés ne seront repris pour aucune cause.

Les acquéreurs payeront 5 p. °/₀ en sus des enchères, applicables aux frais.

Il y aura exposition le lundi 6 avril 1874.

Le libraire, chargé de la vente, remplira les commissions des personnes qui ne pourraient y assister.

Paris. — Typographie de Georges Chamerot, rue des Saints-Pères, 19.

CATALOGUE

D'UN BEAU

CHOIX DE LIVRES

ANCIENS

RELIÉS EN MAROQUIN, AVEC ARMOIRIES

MANUSCRIT.

---

1. PONTIFICALIS SECUNDUM RITUM ET USUM SANCTÆ ROMANÆ ECCLESIÆ. Pet. in-4, mar. r. tr. dor. (*Aux armes de Bossuet.*)

Manuscrit, SUR VÉLIN, de 46 feuillets. Ce volume précieux est rempli de corrections faites sous les yeux de Bossuet, si même elles ne sont pas de sa main.

La reliure, très-fatiguée, témoigne d'un fréquent usage. Ce volume est tel que Bossuet l'a laissé.

Ce numéro sera vendu à la fin de la vacation.

THÉOLOGIE.

---

2. BIBLIA SACRA Vulgatæ editionis Sixti V pont. max. ivssu recognita et Clementis VIII auctoritate edita. *Parisiis, e Typographia regia,* 1653, in-4, figures, mar. rouge fil. tr. dor. (*Rel. anc.*)

Exemplaire aux armes de Louis XIV; il a appartenu à M. L. Double, dont l'*ex-musco* se trouve sur la garde.

3. PARABOLÆ SALOMONIS, per D. Thom. de Vio Caietanum, cardinalem, enarratæ. *Lugduni, apud Rovillium*, 1545, pet. in-8, v. à compartiments de couleurs, tr. dor.

Reliure du xvi⁰ siècle, restaurée.

4. ABRÉGÉ HISTORIQUE et chronologique des figures de la Bible mis en vers françois, par M***. *Paris, veuve Ballard*, 1768, in-12, mar. rouge fil. gardes et tr. dor. (*Rel. anc.*)

Exemplaire aux armes de la Dauphine. En face de l'épître dédicatoire à la Reine se trouve une pièce de vers manuscrite, de la main de l'auteur, à la Reine.

5. HISTOIRE SACRÉE en tableaux, avec leur explication et quelques remarques chronologiques. *Paris, Charles de Sercy*, 1670, 3 vol. in-12, mar. v. fil. figures à mi-page, tr. dor. (*Rel. anc.*)

Édition originale d'un livre recherché pour les gravures de S. Le Clerc. Aux armes de France.

6. PRÆCES PIÆ.... in-16, v.

Manuscrit, sur vélin, du xv⁰ siècle, composé de 212 feuillets; il est orné de 27 grandes lettres en or et en couleurs, et 27 pages sont entourées d'ornements variés.

7. CES PRÉSENTES HEURES à l'usage de Langres..... ont été faictes à Paris pour Simon Vostre, libraire (calendrier de 1512 à 1530). Grand in-8, v. ant. à compartiments dorés et argentés, tr. dor. (*Rel. du XVI⁰ siècle portant le nom de Catherine Lebeau.*)

Exemplaire sur papier. Ce beau volume est incomplet de la signature J. VII.

8. LE PSEAUTIER distribvé selon l'ordre des Hevres canoniales pour estre recité chaqve semaine avec les Oraisons de l'Eglise pour les dimanches et les grandes festes, et les hymnes en vers françois. *Cologne, P. Laville*, 1684, in-8 réglé, vél. fil. tr. dor. avec fermoirs.

Joli spécimen de reliure du xvii⁰ siècle. Les plats sont dorés en plein à petits fers et couverts de riches et élégants compartiments. Aux angles et sur le dos de la reliure se trouve l'écusson couronné dés Cossé de Brissac. Cette reliure est doublée de maroquin rouge sur lequel le même écusson se trouve répété quarante fois sur chaque garde. Riche dorure intérieure.

9. Heures nouvelles, dédiées à madame la Dauphine, écrites et gravées par Lenault, *Paris, s. d.*, in-8, mar. r. fil. tr. dor. (*Anc. rel.*)

Armoiries de Le Jay, conseiller au parlement.

10. Heures nouvelles, ou exercices spirituels tirés de l'Ecriture sainte, contenant plusieurs prières remplies d'onction, avec des réflexions très-édifiantes, dédiées à sa sacrée Majesté l'impératrice régnante. Ouvrage superbe, enrichi de figures en taille-douce. *A Vienne, chez E. Briffaut, libraire de l'Université,* 1735, in-4 réglé, gr. pap. et titre gravé, portrait et figures, mar. rouge, large dent. fil. tr. dor. (*Rel. anc. aux armes de l'empire d'Allemagne; Autriche et Bourgogne.*)

Ces heures sont très-rares ; les gravures dont elles sont ornées sont d'une grande beauté. On lit sur le titre : « Ex dono serenissimæ principissæ Elisabethæ a Lotharingia principissæ d'Epinois, 1744. »
Quelques restaurations.

11. Office de Louis XVI, roi martyr, avec octave, in-4, bas. viol. fil. à fr. tr. argent.

Manuscrit de 121 pages composé par Arnaud, chanoine de Rheims. Il est dédié à la duchesse d'Angoulème, dont les armes sont sur les plats.

12. BOSSUET. Oraison funèbre de Marie-Thérèse d'Autriche, infante d'Espagne, reine de France, prononcée à Saint-Denis le 1er septembre 1683. *Paris, Sébastien Cramoisy,* 1683, in-4, non relié.

Édition originale, très-bel exemplaire en grand papier.

13. RACCOLTA DI DVE ESSERCITII; vno sopra l'eternità della felicità del cielo, e l'altro sopra l'eternità delle pene dell' inferno : tolti dall' opere del D. Agostino Manno della congregatione dell' Oratorio. *In Roma,* 1516, pet. in-12 réglé, mar. v. fil. tr. dor.

Bel exemplaire au chiffre de Henri IV et d'Elisabeth, sa fille. Ce chiffre couronné se trouve sur le dos de la reliure, aux coins et au milieu des plats; il est entouré de volutes et de rinceaux de feuillages. Le tout couvert de fleurs de lis.

14. Lettres sçavantes svr les grandevrs de Dieu, composées par le sieur Demaizière, prêtre doc-

teur en théologie, divisées en trois tomes. *Lyon,
François Comba*, 1679, 3 vol. in-12, mar. rouge,
fil. dent. tr. dor. (avec le portrait gravé du roi et
de la reine).

Aux armes de Marie-Thérèse d'Autriche, reine de France, femme de
Louis XIV.

15. LA RÈGLE de foi vengée des calomnies des pro-
testants et spécialement de celles de M. Bouillier,
ministre calviniste d'Utrecht, par le R. P. Hubert
Hayer, *Paris,* 1761, 3 vol. in-12, mar. rouge,
fil. tr. doré.

Exemplaire en papier de Hollande dans une belle reliure ancienne, aux
armes de Pierre-Léopold de Lorraine, grand-duc de Toscane.

16. DISSERTATIO polemica de confessione sacramen-
tali adversus libros quatuor Joan. Dallæi calvinistæ
divinam ejus institutionem et usum in ecclesia
perpetuum impugnantes, auth. R. P. Fr. Natali
Alexandro. *Parisiis,* 1678, in-8, mar. rouge, fil.
tr. dor, (*Rel. anc.*)

Exemplaire de dédicace aux armes de François de Harlay, archevêque de
Paris (1625-1695).

17. DEVOIRS ET FONCTIONS des aumosniers des éves-
ques, par Allain, chanoine de Saint-Brieu. *Paris,*
1701, in-12, mar. rouge, fil. tr. dor. (*Rel. anc.*)

Exemplaire de dédicace aux armes de Louis-Marcel de Coetlogon, évesque
et seigneur de Saint-Brieux.

18. STATUTA canonicorum regularium congregationis
Salvatoris nostri, redacta Mussiponti, annis 1768
et 1769, et Regio Diplomate confirmata, sextâ
Julii, 1769. *S. l.,* 1769, in-8, mar. rouge, fil. tr.
dor. (*Superbe reliure ancienne avec armoiries.*)

19. Effetti mirabilili de la Limosina. *In Roma,* 1586,
pet. in-8, maroquin noir, tr. dor. (*Reliure du
XVIe siècle.*)

Exemplaire couvert de dorures ; au milieu se trouvent des armoiries.

JURISPRUDENCE.

20. Decisiones extravagantes ex variis scriptorum
in vtroque ivre lectionibvs collecte. Quibvs acce-
dvnt ivris dictamirabilia ac menti tenenda a doc-
tissimis vtriusq; censure authoribus nuncupata
breuiter excerpta. D. Petro Garsia a Toleto Juris-
consulto authore. *Neapoli*, 1580, pet. in-4, mar.
ob. ornements allégoriques sur les plats, fil. tr.
dorée.

Exemplaire de dédicace, aux armes de Don Juan de Stunica, commandant
espagnol en Italie.

21. IOANNIS MACRI SANTINEI ivris periti de prosperis
Gallorum successibus libellus, quo pariter disseri-
tur de tribulorum exactionibus; tum de iure, quo
Galli sibi vindicant provincias quas repetunt. *Parisiis, apud G. Guillard*, 1555, in-12, vél. fil. tr.
dorée.

Exemplaire aux armes de Antoine Grolier, qui, comme son oncle, Jean
Grolier, eut grand goût pour les livres curieux. Les livres de cette provenance
sont on ne peut plus rares.

22. L'ESPRIT DES ORDONNANCES de Louis XIV. Ouvrage où l'on a réuni la théorie et la pratique des
ordonnances, par M. Salli, avocat au parlement.
Paris, 1755, 2 vol. in-4, mar. rouge, fil. tr. dor.

Superbe exemplaire aux armes du célèbre bibliophile Voyer d'Argenson,
dit le marquis de Paulmy. La belle collection de ce fameux amateur forme le
principal fonds de la bibliothèque de l'Arsenal.

23. COMMENTAIRE de l'ordonnance de Louis XV sur
les substitutions du mois d'avril 1747, par M. Fur-
gole, avocat au parlement de Toulouse. *Paris,
Hérissant fils*, 1767, in-4, mar. rouge, fil. tranche
dorée.

Superbe exemplaire de dédicace aux armes de Sartines, lieutenant général
de la police de Paris.

24. Dictionnaire raisonné des domaines et des droits domaniaux. *Rouen, J.-J. le Boullenger,* 1762, 3 vol. gr. in-4, grand papier vélin, mar. rouge, fil. tr. dor.

Superbe exemplaire aux armes de Clément-Charles La Verdy, ministre sous Louis XV. Les armoiries sont répétées aux angles et sur le dos de la reliure. La Verdy est resté célèbre comme économiste; mais on ne sut pas apprécier ses services, et il fut victime de la tourmente révolutionnaire; il porta sa tête sur l'échafaud, le 24 novembre 1793.

SCIENCES ET ARTS.

25. L. Annæi Senecæ philosophi Opera omnia et M. Annæi Senecæ rhetoris quæ exstant. *Amstelodami, apud Elzevirios,* 1659, 4 vol. in-12, front. gr. fig. vélin blanc.

Bel exemplaire, dans sa première reliure, aux armes de Le Goust de La Berchère, archevêque d'Alby. Sur chaque titre on lit : « Mgr de Beauvais, archevêque de Narbonne. »

26. Les Mots dorez de Cathon (Caton) en françoys et en latin avec plusieurs bons et très-utiles enseignements, proverbes, adages, authoritez et dits moraux.... ensemble plusieurs questions énigmatiques. *Imprimez nouvellement à Lyon,* 1533, pet. in-8 gothique non relié.

Exemplaire grand de marges.

27. Les Charactères des passions, par le sieur de la Chambre, médecin de monsieur le chancelier. *A Paris, chez P. Rocolet,* 1640, in-4, réglé, pap. fin, pet. in-4, mar. ol. fr. gr. plats et dos ornés, larges dent. fil. tr. dor.

Aux armes de Jacques de Bullion, maréchal de camp.

28. L'Heureux Citoyen, discours à M. J.-J. Rousseau. *Lille, veuve Panckoucke, et se vend à Paris chez*

Desaint, 1759, in-12, mar. rouge, fil. gardes et
tr. dor. (*Rel. anc.*)

Bel exemplaire aux armes de Châtillon-Saint-Pol. Cette provenance est
très-rare. Ce petit traité est dédié à Messieurs de la Société littéraire
d'Arras ; il est de Guillard de Beaurieu.

29. SYSTÈME DE LA NATURE, ou les Lois du monde
physique et du monde moral, par M. de Mirabaud
(le baron d'Holbach), avec un avis de l'éditeur,
par Naigeon. *Londres (Amst., Mich. Rey)*, 1770,
2 vol. in-8, mar. rouge, dent. fil. tr. dor. (*Anc.
reliure.*)

Édition originale avec armoiries.

30. DICTIONNAIRE raisonné du gouvernement, des
lois, des usages et de la discipline de l'Eglise, par
A.-E.-N. des Odoards-Fantin. *Paris*, 1788, 2 vol.
in-8, mar. rouge, fil. tr. dor. (*Anc. rel.*)

Très-bel exemplaire aux armes de M. le président de Lamoignon.

31. LES DEVOIRS DU PRINCE réduits à un seul prin-
cipe, ou discours sur la justice, dédié au roi (par
Moreau). *Versailles*, 1775, in-8, mar. rouge, fil.
tr. dor.

Bel exemplaire aux armes de Louis-Nicolas-Victor de Félix, comte du
Muy, maréchal de France en 1775.

32. TRAITTÉ de morale, nouvelle édition, augmentée
dans le corps de l'ouvrage et d'un traité de l'a-
mour de Dieu; la fin par le P. Malebranche, prêtre de l'Oratoire. *Lyon*, 1697, 2 parties en 1 vol.
in-12, pap. fin, mar. rouge, tr. dor. (*Ancienne
reliure janséniste.*)

Exemplaire aux armes du duc de Luynes.

33. ESSAI SUR L'ÉDUCATION des aveugles, ou Exposé
des différents moyens, vérifiés par l'expérience,
pour les mettre en état de lire et d'exécuter différents travaux, par Haüy. *Paris*, 1786, in-4, mar.
rouge, fil. tr. dor. (*Anc. rel.*)

Aux armes de Charles-Ferdinand, comte d'Artois. Volume curieux imprimé
par de jeunes aveugles; il est suivi de notices sur l'institution des jeunes
aveugles.

34. ABRÉGÉ DE GÉOMÉTRIE, contenant les définitions, les problèmes les plus nécessaires et quelques propriétés essentielles. Manuscrit du xviiie siècle ; gr. in-4 de 151 p., figures, mar. rouge, fil. tr. dor. (*Aux armes du duc d'Orléans.*)

Très-beau manuscrit calligraphié en caractères noirs et rouges. Toutes les pages sont encadrées d'un double filet rouge. Le volume se compose du titre, de 75 pages de texte et de 75 planches de figures géométriques, dessinées et ombrées en rouge sur le recto de chaque feuillet. Les figures sont parfaitement exécutées.

Ces éléments de géométrie, écrits pour l'usage des princes d'Orléans, ont servi à l'éducation de Louis-Philippe-Joseph, né le 13 avril 1747 ; le volume est à ses armes et porte sur le titre l'estampille de sa bibliothèque.

35. L'ARITHMÉTIQUE et la géométrie de l'officier, contenant la théorie et la pratique de ces deux sciences, par le Blond. *Paris*, 1748, 2 vol. in-8, planches gravées, mar. rouge, fil. tr. dor.

Superbe exemplaire de dédicace aux armes du marquis de Béringhen, chevalier des ordres du roi et son premier écuyer.

36. DISCOURS sur la parallaxe de la lune, pour perfectionner la théorie de la lune et celle de la terre, par M. de Maupertuis. *Paris, Imprimerie royale,* 1741, 1 vol. in-8, gr. pap. de Holl., mar. rouge, gardes et tr. dor. (*Charmante reliure de Derome dite à l'Oiseau.*)

Exemplaire aux armes de Amelot de Chaillon, ministre et secrétaire d'Etat.

37. DISCOVRS SVR LA FORME et manière qv'on devroit vser povr redvire la discipline militaire à meilleur et son ancien estat, composé en espagnol par don Sancho de Londoigno, maistre du camp, traduit de la langue espagnolle en françois par Cornille de Roôsenbourg, commissaire de Sa Majesté. *A Brvxelles, de l'impr. de Roger Velpius,* 1589. — Balthazaris Ayalæ J. E. et exercitvs regii apvd Belgas svpremi ivridici, de ivre et officiis bellicis et disciplina militari libri III. *Antverpiæ, ex off. Martini Nutii,* 1597, 2 ouv. en 1 vol. in-8, mar. v.

Aux secondes armes de J.-A. de Thou. Les livres français aux armes de cet amateur sont rares.

38. LIBRI DE RE RVSTICA. M. Catonis libri I;
M. Terentii Varronis lib. III; I. Ivnii Colvmelæ
lib. XII, eiusdem de arboribus liber separatus ab
aliis ; Palladii lib. XIIII. Index omnium fere rerum
quæ in his libris scitu dignæ leguntur. Index Græ-
carum dictionum. *Aldus*, MDXXX, in-8, mar. r.,
gardes en vélin, compart. tr. dor. (*Piqûre de
ver.*)

C'est une de ces admirables reliures à volutes et rinceaux de feuillages,
chef-d'œuvre de dorure du **xvi**ᵉ siècle.

39. Manuel de botanique, contenant les propriétés
des plantes utiles pour la nourriture, d'usage en
médecine, employées dans les arts, d'ornements
pour les jardins, et que l'on trouve à la campagne
aux environs de Paris, *Paris, Didot,* 1764, in-12,
mar. v. fil. tr. dor.

Aux armes de Mademoiselle Victoire, fille de Louis XV.

40. Leçons élémentaires d'histoire naturelle à l'usage
des jeunes gens, par le P. Cotte. *Paris, Barbou,*
1787, in-12, mar. rouge, fil. tr. dor. (*Rel. anc.*)

Aux armes de la duchesse de Polignac.

41. L'Arpenteur forestier, par Guiot, garde-mar-
teau de la maîtrise des forêts de Rambouillet, et
géographe des ducs de Penthièvre. *Paris,* 1764,
in-8, mar. rouge, fil. tr. dor. (*Anc. rel. Derome.*)

Très-bel exemplaire de dédicace aux armes de Moreau de Beaumont, intendant des finances et conseiller d'Etat. Il fut successivement intendant du
Poitou, de la Franche-Comté et des Flandres. On a de lui un ouvrage curieux intitulé : *Mémoires concernant les impositions en Europe.* Paris, 1768,
4 vol. in-4.

42. Traité des effets et de l'usage de la saignée, par
M. Quesnay, médecin consultant du roy. *Paris,
d'Houry,* 1750, 1 vol. in-8, mar. rouge, fil. tr.
dor. (*Joli portrait de F. Quesnay, gravé par J.-G.
Will.*)

Très-bel exemplaire aux armes du contrôleur général des finances, Ma-
chault.

43. Lettres et observations à M. Janin, maître en chirurgie et oculiste de la ville de Lyon, sur l'ouvrage qu'il vient de publier ayant pour titre : Mémoires et Observations anatomiques, physiologiques et physiques sur l'œil, par l'abbé Desmonceaux. *Amst. et Paris*, 1772, in–8, v. fil. tr. doré.

Exemplaire de Mme du Barry, avec ses armes sur les plats de la reliure.

44. Traité des fièvres continues, dans lequel on a rassemblé et examiné les principales connoissances que les anciens ont acquises sur les fièvres par l'observation et par la pratique..., par M. Quesnay, premier médecin ordinaire de Sa Majesté. *Paris, d'Houry,* 1753, 2 vol. in-12, mar. rouge, fil. tr. dorée.

Exemplaire aux armes du duc de Noailles.
L'ouvrage est dédié à Madame de Pompadour, dont les armes se trouvent dans un joli cartouche gravé au-dessus de la dédicace.

45. De la Conservation des enfants..., par M. Raulin, conseiller, médecin ordinaire du roi (dédié au roi Louis XV). *Paris*, 1768, 3 vol. in-8, figures de Gravelot, mar. rouge, fil. tr. dor.

Bel exemplaire, en grand papier, aux armes de M. de Sartines, lieutenant de la police de Paris.

46. Mémoires sur le danger des inhumations précipitées et sur la nécessité d'un règlement pour mettre les citoyens à l'abri du malheur d'être enterrés vivants, par M. Pineau. *Niort,* in-8, mar. rouge, fil. tr. dor.

Exemplaire en papier de Hollande, aux armes de M. de Sartines, lieutenant de police sous le roi Louis XVI.

47. L'Anti-Financier, ou Relevé de quelques-unes des malversations dont se rendent journellement coupables les fermiers généraux, et des vexations qu'ils commettent dans les provinces. *Amst.,* 1763. — Réponse à l'auteur de l'Anti-Financier. *La Haye,* 1764, — Le Patriote financier, ou l'heu-

reuse vérité, 3 parties en 1 vol. in-8, mar. bleu,
fil. dent. gardes et tr. dor.

Aux armes de Le Clerc de Lesseville, comte de Brioude.

48. L'Art d'économiser le bois, ou dix procédés de
feux économiques avec 14 planches gravées ; tra-
·duit de l'allemand, par J. Goy. *Paris,* 1792, in-8,
figures, mar. rouge, fil. gardes et tr. dor.

Superbe exemplaire aux armes du roi ; il provient de la vente du roi
Louis-Philippe.

49. L'Art de soigner les pieds, contenant un Traité
sur les cors, verrues, durillons, oignons, engelures,
les accidents des ongles et leur difformité. Nouvelle édition, par M. Laforest, chirurgien-pédicure
de Sa Majesté et de la famille royale. *Paris,* 1782,
in-12, mar. rouge, fil. tr. dor.

Exemplaire de la reine MARIE-ANTOINETTE et à ses armes.

LIVRES A FIGURES.

50. LABYRINTHE DE VERSAILLES. *Paris, de l'Imprimerie royale,* 1679, in-8, figures mar. rouge, tr. dor.

Ancienne reliure aux armes de France (Louis XIV).

51. EXPLICATION DES CENT ESTAMPES qui représentent
différentes nations du Levant. *Paris,* 1715, gr.
in-fol., mar. r. (*Anc. rel.*)

Gravé par Scotin, sur les tableaux faits par les ordres du marquis de Fer-
riol, ambassadeur. Premier tirage sur papier fort, 102 planches et texte,
exemplaire aux armes.

BELLES-LETTRES.

52. GRAMMAIRE DES DAMES,… avec les ·moyens de connaître les expressions provinciales, de les éviter, etc., dédiée à madame la princesse de Lamballe, par M. de Prunay. *Paris, Lottin,* 1777, in-12, pap. de Holl. joli frontisp. mar. rouge, fil. tr. dor. doublé de tabis (*Rel. anc.*)

Exemplaire aux armes de Mme Berthier de Sauvigny, dont le mari et le père furent massacrés, le 22 juillet 1789, sur la place de l'Hôtel de Ville. N° 406 de la vente du baron J. P ***.

53. RAISON ou idée de la poésie, ouvrage traduit de l'italien de Gravina, par M. Régnier. *Paris,* 1755, 2 vol. in-12, mar. rouge, fil. gardes et tr. dor.

Bel exemplaire aux armes de Etienne Choiseul, marquis de Stainville.

54. RÉFLEXIONS CRITIQUES sur la poésie et sur la peinture. *Paris, Jean Mariette,* 1719, 3 part. en 2 vol. in-8, v. f. fil. tr. dor.

Exemplaire, en grand papier fin, aux armes du comte d'Hoym.

55. RÉFLEXIONS CRITIQUES sur la poésie et sur la peinture, par N. l'abbé Du Bos, 6ᵉ édition. *Paris, Pissot,* 1755, in-12, mar. rouge, fil. tr. dor.

Jolie reliure aux armes du marquis de Vilette, célèbre bibliophile. Charles de Vilette, né à Paris en 1736, fut grand ami de Voltaire qui l'appelait le Tibulle français.

56. OVIDII (P.) Opera quæ exlant. *Londini, typis J. Brindley,* 1745, 5 vol. réglés pet. in-12, mar. bleu, coins ornés, pl. dent. tr. dor.

Belle reliure ancienne avec les emblèmes de la Toison d'or sur le dos de chaque volume.

57. LES MÉTAMORPHOSES d'Ovide, traduites en françois avec des remarques et des explications historiques, par M. l'abbé Banier ; nouvelle édition, enrichie de figures en taille-douce. *Paris, Nyon,*

1738, 2 vol. in-4, front. gr. figures à mi-page,
2 v. f. fil. tr. dor.

Aux armes de Bernard de Rieux.

58. FABULÆ CENTUM ex antiquis anctoribus delectæ et
a Gabriele Faerno carminibus explicatæ (a Silvio
Antoniano editæ). *Romæ, Vincentius Luchinus,*
1564, in-4, fig. bas.

Édition originale, recherchée. Les gravures, faites sur de bons dessins attri-
bués au Titien, sont exécutées à l'eau-forte. Cet exemplaire est celui du
prince de Collalto. Ses armes sont sur les plats et le dos du volume.

59. PALINGENII Zodiacus vitæ. *Basileæ,* 1548, in-16,
v. ant. compart. dorés, tr. dor. tr. ciselée. (*Reliure du* xvie *siècle.*)

60. EPISTRES MORALES et familières du Traverseur
(Jean Bouchet). *A Poictiers, chez Jacques Bouchet,* 1545, in-fol. v. fil. (*Armoiries sur les plats.*)

Reliure du xvie siècle, aux armes, avec cette devise : *Ou ceste-cy ou
ceste-là.* Le dos est refait ; quelques feuillets raccommodés. De la bibliothèque
du marquis de Vertamon.

61. LES OEUVRES DE CLÉMENT MAROT, de Cahors,
vallet de chambre du Roy, plus amples et en meilleur ordre que paravant. *A Paris, on les vend en
la grand'rue Sainct-Jacques, à l'enseigne de la
fleur de lis dor, par Oudin Petit,* 1548, pet. in-12
réglé, mar. r. doublé de mar. r. fil. dent. tr. dor.
(*Rel. anc.*)

Exemplaire de Louis-César Crémeaux, marquis d'Entragues, à ses armes.

62. LES QUATRAINS des sieurs Pybrac, Faure et Ma-
thieu : ensemble les Plaisirs de la vie rustique,
enrichis de figures en taille-douce. *Paris, Ant.
Robinot,* 1646, in-8 réglé, mar. r. f. l. tr. dor.

Quelques restaurations. Les plats de la reliure sont couverts de fleurs de
lis et de D et de C entrelacés.

63. OEUVRES DE MONSIEUR DE SANTEUIL, avec les tra-
ductions par différents auteurs. *Paris, Bénard,*
1698, in-12, mar. r. fil. tr. dor.

Aux armes de madame de Maintenon.

64. OEuvres de Nicolas Boileau-Despréaux, avec
des éclaircissements historiques donnés par lui-
même. Nouvelle édition, enrichie des figures gravées par Bernard Picart le Romain. *La Haye,
P. Gosse et J. Neaulme,* 1729, 2 vol. in-fol. gr.
pap. fin, figures, f. v. gr. v. f. fil. tr. dor.

Bel exemplaire aux armes de Nicolas de la Pinte de Livry, évêque de Cal-
linique, en Syrie.

65. Recueil de diverses pièces de poésie, contenant
un sonnet sur la paix. Une ode sur le reste d'en-
nemis qui tarde à faire la paix, et sur la prise de
Landau. Une ode sur le siége de Fribourg. Une
ode sur la grossesse de madame la duchesse de
Reny, et l'acrostiche de cette princesse par monsieur de Messanges. *Paris, P. Prault, s. d.,* in-12,
mar. bl. dent. dos orné doublé de mar. r. large
dent. int. gardes en soie, pap. de Holl. fil. tr.
dor. (Ex libris Viollet-le-Duc.)

Aux armes de la duchesse de Berry, fille du régent.

66. Opuscules sacrés et lyriques, ou cantiques sur
différents sujets de piété, avec les airs notés en
musique (par divers auteurs, édition revue et augmentée par l'abbé Simon de Doncourt). *Paris,*
1768, 4 vol. in-8, pap. de Holl. mar. rouge, fil.
tr. dor. (*Anc. rel. aux armes des dames Carmélites.*)

Très-bel exemplaire. On trouve en tête du troisième volume une notice
bibliographique sur les recueils des cantiques publiés de 1586 à 1790.

67. La Henriade, avec les variantes, et différentes
pièces, suivies de l'Essai sur la poésie épique, et du
poëme de Fontenoy. Nouvelle édition. *Paris,
Duchesne,* 1765, 1 vol. in-12, mar. rouge, fil.
dent. tr. dor.

Très-bel exemplaire, aux armes de la comtesse d'Artois.

68. L'OEdipe et l'Electre de Sophocle, tragédies
grecques, traduites en françois avec des remarques
par madame Dacier. *Paris, Claude Barbin,* 1692,
in-12, mar. r. fil. tr. dor.

Aux armes de Mme la comtesse de Verrue.

69. Nouveau Théatre français et italien. *Paris, Duchesne,* 1758, 4 vol. in-8, mar. citr. tr. dor.

Aux armes de la duchesse de Grammont-Choiseul.

70. OEdipe, tragédie, par monsieur de Voltaire. *Paris, Pierre Rilon,* 1719, in-8, mar. rouge, fil. tr. dor. (*Edition originale.*)

Aux armes de La Rochefoucauld, pair de France et gouverneur du Poitou.

71. Marie Stuart, reine d'Ecosse, tragédie. *Paris,* 1795. — Catilina, tragédie, par M. le chevalier Pellegrin. *Paris,* 1742.—L'Algérien, ou les Muses comédiennes, comédie-ballet en trois actes et en vers. *Paris,* 1744. — L'Enéide, comédie en un acte en vers, avec un divertissement, par M. de Cahusac. *Paris,* 1744. — L'Heureux Retour, comédie en un acte et en vers, au sujet du retour du roy. *Paris,* 1744, figures, 5 pièces en 1 vol. in-8, mar. r. fil. tr. dor.

Exemplaire aux armes de Mademoiselle Victoire, fille de Louis XV.

72. OEuvres de monsieur de Campistron, de l'Académie françoise, nouvelle édition. *Paris,* 1750, 3 vol. in-12, mar. r. fil. tr. dor.

Aux armes de la duchesse de Grammont-Choiseul.

73. OEuvres de monsieur de La Grange-Chancel, nouvelle édition, revue et corrigée par lui-même. *Paris, chez les libraires associés,* 1758, 5 vol. in-12, mar. r. fil. tr. dor.

Aux armes de la duchesse de Grammont-Choiseul.

74. Théatre de campagne, par l'auteur des Proverbes dramatiques (Carmontelle). *Paris, Ruault,* 1775, 4 vol. in-8, mar. rouge, fil. dent., gardes et tr. dor. (*Rel. anc.*)

Aux armes de la duchesse d'Orléans, mère du roi Louis-Philippe. Cet exemplaire a fait partie de la bibliothèque de Neuilly.

75. Mustapha et Zéangir, comédie en cinq actes et en vers, par de Champfort. *Paris, veuve Duchesne,* 1778, in-8, mar. vert, fil. tr. dor.

Aux armes de la princesse de Rohan, née d'Orléans de Rothelin.

76. Les Maris corrigés, comédie en trois actes et en vers, représentée pour la première fois par les comédiens italiens ordinaires du roi, le mardi 7 août 1781. *Paris, veuve Duchesne*, 1781, in-8, mar. rouge, fil. tr. dor.

Exemplaire aux armes de la comtesse d'Artois.

77. OEUVRES DE M. PALISSOT, lecteur de S. A. R. M. le duc d'Orléans : nouvelle édition, revue et corrigée. *Paris, de l'imprimerie de Monsieur*, 1788, 4 vol. in-8, gr. pap. mar. rouge, portr. et fig. fil., dos orné, tr. dor.

Exemplaire précieux de la reine MARIE-ANTOINETTE et à ses armes. Admirable de fraîcheur. Il est renfermé dans des étuis.

78. L. Apvlei Madavrensis Philosophi Platonici Apologia recognita et nonnullis notis ac observationibus illustrata a Ioanne Priceo Anglo-Britanno. *Parisiis*, 1635, in-4, fig. mar. rouge, fil. (*Rel. anc.*).

Exemplaire aux chiffres de Peiresc.

79. Les Cent Nouvelles nouvelles. Suivent les cent nouvelles contenant les cent histoires nouveaux, qui sont moult plaisans à raconter en toutes bonnes compagnies par manière de joyeuseté, avec d'excellentes figures en taille-douce gravées sur les dessins du fameux M. Romain de Hooge. *Cologne, P. Gaillard*, 1701, 2 vol. in-12, figures, v. br. fil. tr. dor. (*Rel. rest.*).

Aux armes du comte de Thorigny, avec son chiffre aux angles.

80. Les Aventures de Télémaque, fils d'Ulysse, par feu Messire François de Salignac de La Motte Fénelon, précepteur de Messeigneurs les enfants de France, et depuis archevêque-duc de Cambrai, prince du saint Empire, etc. Nouvelle édition, enrichie de figures en taille-douce. *Paris, J. Estienne*, 1730, 2 vol. in-4, figures de Coypel, mar. rouge, fil. tr. dor.

Exemplaire de la comtesse d'Artois, à ses armes.

81. Lettres de la marquise de M*** au comte de R***. *S. l.*, 2 part. en 2 vol. in-12, grand papier fin, v. f. fil. tr. dor. (*Rel. anc.*)

Aux armes de la duchesse de Parme.

82. HISTOIRE de l'admirable Don Quichotte de la Manche, traduite de l'espagnol de Michel de Cervantes. Nouvelle édition, revue, corrigée et augmentée. 8 vol. in-12, mar. rouge, figures, fil. tr. dor. (*Rel. anc.*)

Très-bel exemplaire aux armes d'une princesse de Bourbon-Condé.

83. Les Principales Aventures de l'admirable Don Quichotte, représentées en figures par Coypel, Picart le Romain et autres habiles maîtres ; avec les explications des trente et une planches de cette magnifique collection ; tirées de l'original espagnol de Miguel de Cervantes. *La Haye, et se trouve à Paris chez Bleüet*, 1774, 2 vol. in-8 v. f. fil. (*Anc. rel. avec armoiries sur les plats.*)

84. Aresta amorvm cum erudita Benedicti Curtii Symphoriani explanatione. *Lvgdvni, apvd Seb. Gryphivm*, 1533, pet. in-4, mar. rouge, fil. tr. dor. (*Rel. anc., dos refait.*)

Édition rare et recherchée pour les commentaires qui sont en français. Aux armes de la comtesse d'Artois.

85. La Liberté des dames. *Paris, Remy*, 1685, in-8, v. f. (*Rel. anc.*).

Aux armes de la comtesse de Verrue ; de la bibliothèque du baron J. P *** (n° 817).

86. Delle Lettere di Pietro Bembo primo (e secundo) volume. *In Venegia* (Aldi filii), 1552, pet. in-8, mar. br. compart. dor. tr. ciselée.

Belle reliure du xvi° siècle, très-bien conservée.

87. Lettres choisies de feu M. Guy Patin, docteur en médecine de la Faculté de Paris et professeur au Collége royal. *Paris, Jean Petit*, 1692, 2 vol. in-12, portr. v. f. fil. tr. dor.

Aux armes d'Antoine Crozat, marquis du Châtel, avec son chiffre sur le dos de la reliure et son *ex-libris* autographe sur le revers du titre. Cet exemplaire a fait partie de la bibliothèque du duc de la Vallière (n° 2084).

88. Même ouvrage, 2 vol. in-12, portr. v. f. fil.

Ce second exemplaire est aux armes, très-rares, du commandeur de la Vieuville.

89. LETTRES DE MADAME DE MAINTENON (publ. par La Beaumelle). *Amsterdam,* 1756, 9 tomes en 5 vol. in-12 v. — Mémoires pour servir à l'Histoire de Madame de Maintenon (par La Beaumelle). *Amsterdam,* 1755, 6 tomes en 3 vol. in-12, v.

Exemplaire aux armes de la marquise de Civrac, sœur de la duchesse d'Uzès et du duc d'Antin.

90. RECUEIL des énigmes les plus curieuses de ce temps, dédié à madame la duchesse de Berry, fille de France. *Paris, Nic. Legras,* 1717, pet. in-8, front. gr. mar. bl. fil. dent. doublé de mar. rouge, gardes en soie, large dent. int. tr. dor. (*Mouillure.*)

Exemplaire de dédicace aux armes de Marie-Louise d'Orléans, duchesse de Berry, fille du régent.

91. PIÈCES dérobées à un ami. *Amsterdam,* 1750, 2 vol. in-12, pap. fin, mar. citron, fil. tr. dor. (*Rel. anc.*)

Aux armes de Cobentzel.
Ces poésies, qui ne sont pas sans mérite, sont de l'abbé de l'Atteignant et ont été publiées par de Querlon.

92. RELATIONS, lettres et discovrs de M. de Sorbière svr diverses matières curieuses. *Paris,* 1660, in-8, mar. rouge, fil. tr. dor.

Aux armes du chancelier de Lamoignon.

93. MÉMOIRES de littérature par S*** (de Sallengre). *A la Haye, chez Henri du Sauzet,* 1715-1717, 4 part. en 2 vol. in-12 tiré in-8, portr. et fig. mar. rouge, fil. tr. dor. (*Anc. rel.*)

Très-bel exemplaire, en grand papier, aux armes de Cartigny, directeur de la marine.

HISTOIRE.

94. **Bossuet**. Discours sur l'histoire universelle. *Paris, Séb. Mabre-Cramoisy,* 1681, in-4, v. f.

Aux armes du **Comte d'Hoym**. Édition originale.

95. Indiculus universalis, ou l'Univers en abrégé, du P. J. Pomez, de la Compagnie de Jésus; nouvelle édition. *Paris, Barbou,* 1766, in-8, mar. v. fil. tr. dor.

Exemplaire aux armes de Mademoiselle Adélaïde, fille de Louis XV. Il a appartenu à M. Pieters, dont l'*ex-libris* est collé sur la garde.

96. L'Histoire de Dion Cassivs de Lycæe, contenant les vies des vingt-six emperevrs qvi ont régné depvis Ivles César ivsques à Alexandrie; reueue, corrigée et illustrée d'annotations et maximes politiques, par Anthoine de Bandole. *Paris, chez Iean Richer,* 1610, pet. in-fol. v. ant. fil. (*Rel. de l'époque.*)

Exemplaire aux armes de Nicolas Robert, peintre de Gaston d'Orléans.

97. **Histoire d'Alexandre le Grand**, par Quinte-Curce, de la traduction de Vaugelas. *Paris, Barbou,* 1760, 2 vol. in-12, mar. rouge, fil. dent. tr. dor. (*Reliure ancienne de la plus grande fraîcheur.*)

Aux armes de la comtesse d'Artois.

98. **Histoire** des Révolutions de l'Empire de Constantinople, depuis la fondation de cette ville jusqu'à l'an 1453 que les Turcs s'en rendirent maîtres, par M. de Burigny. *Paris, de Bure,* 1750, 3 vol. in-12, mar. rouge, fil. dos orné, tr. dor.

Superbe reliure signée de Pasdeloup jeune. L'exemplaire est aux armes de Cobentzel, ministre du gouvernement des Pays-Bas sous Marie-Thérèse. Ce grand amateur de livres faisait appliquer ses armes après coup sur toutes les belles reliures qu'il pouvait se procurer.

99. RECHERCHES historiques sur le luxe chez les Athé-
niens, depuis les temps les plus anciens jusqu'à la
mort de Philippe de Macédoine ; mémoire traduit
de l'allemand de Chr. Meiners par C. S... T.,
suivi du Traité du luxe des dames romaines, par
l'abbé Nadal. *Paris, Egron*, 1823, in-8, pap. fin,
mar. viol. comp. à fr., riche dorure sur les plats
et le dos, doublé de tabis, gardes en soie, mors en
mar. dent. int. tr. dor. (*Duplanil.*)

Charmant exemplaire de présent aux armes de Madame la duchesse d'Angoulème.

100. VLRICI OBRECHTI Alsaticarvin rervm prodromvs.
Argentorati, apud Simonem Paulli bibliopolam,
1681, pet. in-4, mar. rouge, fil. tr. dor.

Aux armes et chiffre du prince Eugène de Savoie.

101. HISTOIRE de Messire Bertrand dv Gvesclin, con-
nestable de France, dvc de Molines, comte de
Longueuille et de Bvrgos, contenant les gverres,
batailles et conquestes faites sur les Anglois, Espa-
gnols et autres durant les règnes des rois Iean et
Charles V, escrite en prose l'an 1387 à la res-
queste de Messire Iean d'Estouteuille, capitaine de
Vernon-sur-Seine, et nouvellement mise en lu-
mière par Me Clavde Ménard, conseiller du roy,
Paris, Séb. Cramoisy, 1618, in-4, gr. pap. portr.
v. ant. fil.

Exemplaire aux armes du cardinal de Richelieu, ministre d'État.

102. LA DÉFENSE du droit de Marie-Thérèse d'Autriche, reine de France, à la succession des cou-
ronnes d'Espagne, par messire Georges d'Aubusson,
archevesque d'Ambrun, évesque de Metz, commandeur des ordres du roi. *Paris, Séb. Mabre-
Cramoisy*, 1674, gr. in-4, mar. rouge, vign. gr.
fil. tr. dor.

Exemplaire en grand papier, aux armes de François-Michel Le Tellier,
marquis de Louvois. On rencontre rarement des livres aux armes du fameux
ministre de Louis XV.

103. Etat du régiment des gardes françoises du Roy, par rang de compagnie, et suivant l'ancienneté de Messieurs les officiers et sergens. *Paris, May,* 1755, pet. in-12, mar. rouge, fil. tr. dor. (*Rare.*)

Aux armes de Charles de Rohan, prince de Soubise.

104. Sacre et couronnement de Louis XVI, roi de France et de Navarre, à Rheims, le 11 juin 1775, précédé de recherches sur le sacre des rois de France, depuis Clovis jusqu'à Louis XV, et suivi d'un journal historique de ce qui s'est passé à cette auguste cérémonie. Enrichi d'un très-grand nombre de figures en taille-douce par le sieur Patas, avec leurs explications. *Paris,* 1775, gr. in-8, fig. mar. rouge, fil. tr. dor. (*Rel. anc.*)

Bel exemplaire aux armés du roi.

105. Statut de la Maison royale de Saint-Denis. *Paris, Impr. royale,* 1817, in-4, satin bl. (*Armes de France.*)

Exemplaire de la duchesse d'Angoulème. Il contient tous les noms des élèves et des personnes attachées à la maison de Saint-Denis à cette époque.

106. Histoire métallique des xvii provinces des Pays-Bas, trad. du hollandois de Van Loon, par Prevost et van Effen. *La Haye,* 1732-37, 5 vol. in-fol., fig. v. porph. fil.

Superbe exemplaire, aux armes et au chiffre de Charles de Saint-Albin, bâtard d'Orléans, qui fut archevêque de Cambrai. C'est en cette ville que se fit, en 1766, la vente de sa riche et nombreuse bibliothèque. Les deux derniers volumes, quoique de même reliure que les autres, ne sont pas armoriés.

107. Lettres sur l'origine de la noblesse françoise et sur la manière dont elle s'est conservée jusqu'à nos jours (par l'abbé Mignot de Bussy). *Lyon,* 1763, pet. in-8, mar. v. fil. gardes s. tr. dor.

Bel exemplaire aux armes de l'auteur, l'abbé Mignot de Bussy.

108. Dictionnaire des titres originaux pour les fiefs, le domaine du roi, l'histoire, la génealogie, et généralement tous les objets qui concernent le gou-

vernement de l'Etat. *Paris*, 1764, in-8, mar. r.
fil. gardes en soie, tr. dor.

Exemplaire très-frais, aux armes du maréchal de Rohan, prince de Soubise.
Ces armes sont répétées aux angles et sur le dos de la reliure.

109. Catalogue des très-illustres ducz et connes-
tables de France, — chanceliers, — grands
maistres, — admiraulx, — mareschaulx, — pré-
votz. *Paris, Michel Vascosan*, 1555, 6 parties en
1 vol. in-fol. v. comp. dorés. (*Aux armes de Le
Tellier.*)

Les titres sont entourés d'un encadrement en couleurs avec entrelacs, les
blasons sont coloriés, un titre général fait à la main reproduit les armoiries
qui sont sur la reliure. Il y a une déchirure à un feuillet.

110. Index librorum prohibitorum, Innocentii XI,
pontificis maximi, jussu editus. *Romæ*, 1681, pet.
in-8, mar. rouge, compart. fil. tr. dor. (*Rel. anc.
aux armes de Charles, cardinal de Médicis.*)

Livre peu commun.

FIN.

RED. :

20

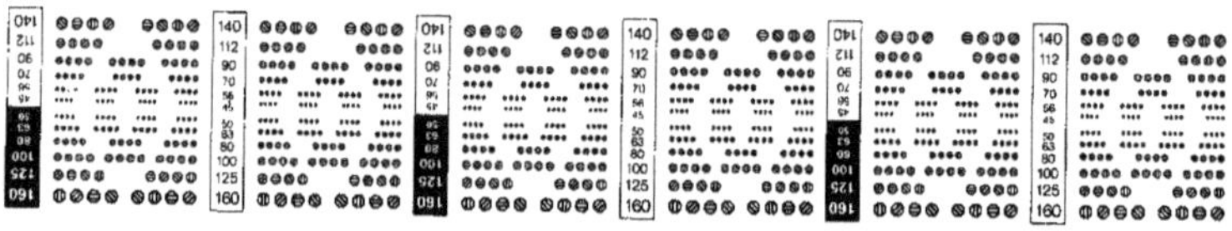

379.89.70
graphicom

0 1 2 3 4 5 6 7 8 9 10